紅樓夢第一百一回

大觀園月夜警幽魂　散花寺神籤驚異兆

却說鳳姐回至房中見賈璉尚未回來便分派那管辦探春行李粧奩事的一干人那天有黃昏已後因忽然想起探春來要瞧瞧他去便叫豐兒與兩個丫頭跟着頭裡一個丫頭打着燈籠走出門來見月光已上照耀如水鳳姐便命打燈籠的回去罷因而走至茶房牕下聽見裡面有人嘁嘁喳喳的又似哭又似笑又似議論什麼的鳳姐知道不過是家下婆子們又不知搬什麼是非心內大不受用便命小紅進去粧做無心的樣子細細打聽着用話套出原委來小紅答應着去了鳳姐只帶着豐兒來至園門前門尚未關只虛虛的掩着于是主僕二人方推門進去只見園中月色比外面更覺明朗滿地下重重樹影杳無人聲甚是淒凉寂靜剛欲往秋爽齋這條路来只聽唿唿的一聲風過吹的那樹枝上落葉滿園中唰喇喇的作響枝梢上吱嘍嘍的發哨將那些寒鴉宿鳥都驚飛起来鳳姐吃了酒被風一吹只覺身上發噤豐兒後面也把頭一縮說好冷鳳姐也掌不住便叫豐兒快回去把那件銀鼠坎肩兒拿來我在三姑娘那裡等着豐兒巴不得一聲也要回去穿衣裳連忙答應一聲回頭就跑了鳳姐剛舉步走了不遠只覺身後咈咈哧哧似有聞嗅之聲不覺頭髮森然直豎起來由不得回頭一看只

見黑油油一個東西在後面伸着鼻子聞他呢那兩隻眼睛恰似燈光一般鳳姐嚇的魂不附體不覺失聲的咳了一聲却是一隻大狗那狗抽頭回身拖著個掃帚尾巴一氣跑上大土山上方站住了回身猶向鳳姐拱爪兒鳳姐此時肉跳心驚急急的向秋爽齋來將已來至門口方轉過山子只見迎面有一個人影兒一恍鳳姐心中疑惑還想著必是那一房的丫頭便問是誰問了兩聲並沒有人出來早已神魂飄蕩了恍恍忽忽的似乎背後有人說道嬸娘連我也不認得了鳳姐忙回頭一看只見那人形容俊俏衣履風流十分眼熟只是想不起是那房那屋裡的媳婦來只聽那人又說道嬸娘只管享榮華受富貴

的心盛把我那年說的立萬年永遠之基都付於東洋大海了鳳姐聽說低頭尋思總想不起那人冷笑道嬸娘那時怎樣疼我來如今就忘在九霄雲外了鳳姐聽了此時方想起來是賈蓉的先妻秦氏便說道噯呀你是死了的人哪怎麽跑到這裡來了呢啐了一口方轉回身要走時不防一塊石頭絆了一跤猶如夢醒一般渾身汗如雨下雖然毛髮悚然心中却也明白只見小紅豐兒影影綽綽的來了鳳姐恐怕落人的褒貶連忙爬起來說道你們做什麼呢去了這半天快拿來我穿上罷一面豐兒走至跟前伏侍穿上小紅過來攙扶着要往前走鳳姐道我纔到那裡他們都睡了回去罷一面說着一面帶了兩個

了頭急急忙忙回到家中賈璉已回來了鳳姐見他臉上神色更變不似往常待要問他又知他素日性格不敢突然相問只得睡了至次日五更賈璉就起來要往總理內庭都檢點太監裘世安家來打聽事務因太早了見桌上有昨日送來的抄報便拿起來閑看第一件吏部奏請急選郎中奉旨照例用事第二件是刑部題奏雲南節度使王忠一本新獲私帶神鎗火藥出邊事共十八名人犯頭一名鮑音係太師鎮國公賈化家人賈璉想了一想又往下看第三件蘇州刺史李孝一本參劾縱放家奴倚勢凌辱軍民以致因姦不遂殺死節婦事兇犯姓時名福自稱係世襲三等職衛賈範家人賈璉看見這一件心中不自在起來待要往下看又恐遲了不能見裘世安的面便穿了衣服也等不得吃東西恰好平兒端上茶來喝了兩口便出來騎馬走了平兒收拾了換下的衣服此時鳳姐尚未起來平兒因說道今兒夜裡我聽着奶奶沒睡什麽覺我替奶奶搥着好生打個盹兒罷鳳姐也不言語平兒料着這意思是了便爬上炕來坐在身邊輕輕的搥着那鳳姐剛有要睡之意只聽那邊大姐兒哭了鳳姐又將眼睜開平兒連向那邊叫道李媽你到底是怎麽着姐兒哭了你到底拍着他些你也忒愛睡了那邊李媽從夢中驚醒聽得平兒如此說心中沒好氣狠命的拍了幾下口裡嘟嘟囔囔的罵道真真的小短命鬼兒放着屍不

挺三更半夜嚎你娘的喪一面說一面咬牙便向那孩子身上擰了一把那孩子哇的一聲大哭起來鳳姐聽見說了不得你聽聽他該挫磨孩子了你過去把那黑心的養漢老婆下死勁的打他幾下子把妞妞抱過來罷平兒笑道奶奶別生氣他那裡敢挫磨妞兒只怕是不隄防磞了一下子也是有的這會子打他幾下子沒要緊明兒叫他們背地裡嚼舌根倒說三更半夜的打人了鳳姐聽了半日不言語長嘆一聲說道你瞧瞧這會子不是我十旺八旺的呢明兒我要是死了撂下這小孽障還不知怎麼樣呢平兒笑道奶奶這是怎麼說大五更的何苦來呢鳳姐冷笑道你那裡知道我是早已明白了我也不久了

雖然活了二十五歲人家沒見的也見了沒吃的也吃了衣祿食祿也算全了所有世上有的也都有了氣也賭盡了強也算爭足了就是壽字兒上頭欠一點兒也罷了平兒聽說由不的眼圈兒紅了鳳姐笑道你這會子不用假慈悲我死了你們只有喜歡的你們一心一計和和氣氣的過日子省的我是你們眼裡的刺只有一件你們知好歹只疼我那孩子就是了平兒聽了越發掉下淚來鳳姐笑道別扯你娘的臊那裡就死了呢這麼早就哭起來我不死還叫你哭死了呢平兒見說連忙止住哭道奶奶說的這麼叫人傷心一面說一面又捶鳳姐纔矇矓的睡着平兒方下炕來只聽外面腳步響誰知賈璉去遲了

那裘世安已經上朝去了不遇而回心中正沒好氣進來就問平兒道他們還沒起來呢麼平兒回說沒有呢賈璉一路摔簾子進來冷笑道好啊這會子還都不起來安心打擂臺打撒手兒一叠聲又要吃茶平兒忙倒了一碗茶來原來那些丫頭老婆見賈璉出了門又復睡了不打諒這會子回來原不曾預備平兒便把温過的拿了來賈璉生氣舉起碗來嘩啷一聲摔了個粉碎鳳姐驚醒唬了一身冷汗噯喲一聲睁開眼只見賈璉氣狠狠的坐在傍邊平兒彎着腰拾碗片子呢鳳姐道你怎麼就回來了問了一聲半日不答應只得又問一聲賈璉嚷道你不要我回來叫我死在外頭罷鳳姐笑道這又是何苦來呢常時我見你不像今兒回來的快問你一聲兒也沒什麼生氣的賈璉又嚷道又沒遇見怎麼不快回來呢鳳姐笑道沒有遇見少不得奈煩些明兒再去早些兒自然遇見了賈璉嚷道我可不吃着自己的飯替人家趕獐子呢我這裏一大堆的事沒個動秤兒的沒來由為人家的事瞎鬧了這些日子當什麼呢正經那有事的人還在家裏受用死活不知還聽見說要鑼鼓喧天的擺酒唱戲做生日呢我可瞎跑他娘的腿子一面說一面往地下啐了一口又罵平兒鳳姐聽了氣的乾咽要和他分証想了一想又忍住了勉强陪笑道何苦來生這麼大氣大清早起和我叫喊什麼誰叫你應了人家的事你既應了只得耐煩

些少不得替人家辦辦也沒見這個人自已有爲難的事還有心腸唱戲擺酒的鬧賈璉道你可說麽你明兒倒也問問他鳳姐咤異道問誰賈璉道問誰問你哥哥鳳姐道是他嗎賈璉道可不是他還有誰呢鳳姐忙問道他又有什麽事叫你替他跑賈璉道你還在鐔子裡呢鳳姐道真真這就奇了我連一個字兒也不知道賈璉道你怎麽能知道呢這個事連太太和姨太太還不知道呢頭一件怕太太和姨太太不放心二則你身上又常嚷不好所以我在外頭壓住了不叫裡頭知道說起來真真可人惱你今兒不問我我也不便告訴你你打諒你哥哥行事像個人呢你知道外頭的人都叫他什麽鳳姐道叫他什麽賈璉道叫他什麽叫他忘仁鳳姐撲哧的一笑他可不叫王仁叫什麽呢賈璉道你打諒那個王仁嗎是忘了仁義禮智信的那個忘仁哪鳳姐道這是什麽人這麽刻薄嘴兒遭塌人賈璉道不是遭塌他呀今兒索性告訴你你也該知道知道你那哥哥的好處到底知道他給他二叔做生日呵鳳姐想了一想道噯喲可是呵我還忘了問你二叔不是冬天的生日嗎我記得年年都是寶玉去前者老爺陞了二叔那邊送過戲來我還偷偷兒的說二叔爲人是最嗇刻的比不得大舅太爺他們各自家裡還烏眼雞是的不麽昨兒大舅太爺沒了你瞧他是個兄弟他還出了個頭兒攬了個事兒嗎所以那一天說赶他的生

日偺們還他一班子戲省了親戚跟前落虧欠如今這麼早就
倣生日也不知是什麼意思賈璉道你還作夢呢你哥哥一到
京接着舅太爺的首尾就開了一個弔他怕偺們知道攔他所
以沒告訴偺們弄了好幾千銀子後來二舅嗔着他說他不該
一網打盡他吃不住了變了個法兒指著你們二叔的生日撒
了個網想著再弄幾個錢好打點二舅太爺不生氣也不管親
戚朋友冬天夏天的人家知道不知道這麼丟臉你知道我起
早爲什麼如今因海疆的事情御史叅了一本說是大舅太爺
的虧空本員已故應着落其弟王子勝侄兒王仁賠補爺兒兩
個急了找了我給他們托人情我見他們嚇的那個樣兒再者

又關係太太和你我纔應了想着找找總理內庭都檢點老裘
替辦辦或者前任後任挪移挪移偏又去晚了他進裡頭去了
我白起來跑了一趟他們家裡還那裡定戲擺酒呢你說說叫
人生氣不生氣鳳姐聽了纔知王仁所行如此但他素性要強
護短聽賈璉如此說便道憑他怎麼樣到底是你的親大舅兒
再者這件事死的大爺活的二叔都感激你罷了沒什麼說的
我們家的事少不得我低三兒下四的求你省了帶累別人受
氣背地裡罵我說着眼淚便下來了掀開被窩一面坐起來一
面挽頭髮一面披衣裳賈璉道你倒不用這麼着是你哥哥不
是人我並沒說你什麼況且我出去了你身上又不好我都起

來了他們還畢着偺們老輩子有這個規矩麼你如今作好好先生不管事了我說了一句你就起來明兒我要嫌這些人難道你都替了他們麼好沒意思啊鳳姐聽了這些話纔把淚止住了說道天也不早了我也該起來了你有這麼說的你替他們家在心的辦辦那就是你的情分了再者也不光爲我就是太太聽見也喜歡賈璉道是了知道了大蘿卜還用屎澆平兒道奶奶這麼早起來做什麼那一天奶奶不是起來有一定的時候兒呢爺也不知是那裡的邪火拿着我們出氣何苦來呢奶奶也算替爺挣彀了那一點兒不是奶奶擋頭陣不是我說爺把現成兒的也不知吃了多少這會子替奶奶辦了一點子

事況且關會着好幾層兒呢就這麼拿糖作醋的起來也不怕人家寒心況且這也不單是奶奶的事呀我們起遲了原該爺生氣左右到底是奴才呀奶奶跟前儘著身子累的成了個病包兒了這是何苦來呢說着自已的眼圈兒也紅了那賈璉本是一肚子悶氣那裡見得這一對嬌妻美妾又尖利又柔情的話呢便笑道彀了算了罷他一個人就彀使的了不用你幫着左右我是外人多早晚我死了你們就清淨了鳳姐道你也別說那個話誰知道誰怎麼樣呢你不死我還死呢早死一天早心淨說着又哭起來平兒只得又勸了一回那時天已大亮日影横窗賈璉也不便再說站起來出去了這裡鳳姐自已起來

正在梳洗忽見王夫人那邊小丫頭過來道太太說了叫問二奶奶今日過舅太爺那邊去不去要去說叫二奶奶同著寶二奶奶一路去呢鳳姐因方纔一段話已經灰心喪意恨娘家不給爭氣又兼昨夜園中受了那一驚也實在沒精神便說道你先回太太去我還有一兩件事沒辦清今日不能去况且他們那又不是什麼正經事寶二奶奶要去各自去罷小丫頭答應着回去回覆了不在話下且說鳳姐梳了頭換了衣服想了想雖然自已不去也該帶個信兒再者寶釵還是新媳婦出門子自然要過去照應照應的於是見過王夫人支吾了一件事便過來到寶玉房中只見寶玉穿着衣服歪在炕上兩個眼睛獃獃的看寶釵梳頭鳳姐站在門口還是寶釵一回頭看見了連忙起身讓坐寶玉也爬起來鳳姐纔笑嘻嘻的坐下寶釵因說麝月道你們瞅着二奶奶進來也不言語聲兒麝月笑着道二奶奶頭裡進來就擺手兒不叫言語麼鳳姐因向寶玉道你還不走等什麼呢沒見這麼大人了還是這麼小孩子氣人家各自梳頭你爬在旁邊看什麼成日家一塊子在屋裡還看不穀嗎也不怕丫頭們笑話說著哧的一笑又瞅着他咂嘴兒寶玉雖也有些不好意思還不理會把個寶釵直臊的滿臉飛紅又不好聽着又不好說什麼只見襲人端過茶來只得搭訕著自已遞了一袋烟鳳姐兒笑着站起來接了道二妹妹你別管我

們的事你快穿衣服罷寶玉一面也搭赸着找這個弄那個鳳姐道你先去罷那裡有個爺們等着奶奶們一塊兒走的理呢寶玉道我只是嫌我這衣裳不大好不如前年穿着老太太給的那件雀金泥好鳳姐因慪他道你為什麼不穿寶玉道穿着太早些鳳姐忽然想起自悔失言幸虧寶釵也和王家是內親只是那些丫頭們跟前已經不好意思了襲人却接着說道二奶奶還不知道呢就是穿得他也不穿了鳳姐兒道這是什麼原故襲人道告訴二奶奶真真的我們這位爺行的事都是天外飛來的那一年因二舅太爺的生日老太太給了他這件衣裳誰知那一天就燒了我媽病重了我沒在家那時候還有晴雯妹妹呢聽見說病着整給他縫了一夜第二天老太太纔沒瞧出來呢去年那一天上學天冷我叫焙茗拿了去給他披披誰知這位爺見了這件衣裳想起晴雯來了說了總不穿了叫我給他收一輩子呢鳳姐不等說完便道你提晴雯可惜了兒的那孩子模樣兒手兒都好就只嘴頭子利害些偏偏兒的太太不知聽了那裡的謠言活活兒的把個小命兒要了還有一件事那一天我瞧見廚房裡柳家的女人他女孩兒叫什麼五兒那丫頭長的和晴雯脫了個影兒我心裡要叫他進來後來我問他媽他媽說是很願意我想着寶二爺屋裡的小紅跟了我去我還沒還他呢就把五兒補過來罷平兒說太太那一天

說了凡像那個樣兒的都不叫泒到寶二爺屋裡呢我所以也就擱下了這如今寶二爺也成了家了還怕什麼呢不如我就叫他進來可不知寶二爺願意不願意要想着睛雯只瞧見這五兒就是了寶玉本要走聽見這些話又獃了襲人道為什麼不愿意早就要弄進來的只是因為太太的話說的結實罷了鳳姐道那麼着明兒我就叫他進來太太的跟前有我呢寶玉聽了喜不自勝纔走到賈母那邊去了這裏寶釵穿衣服鳳姐兒看他兩口兒這般恩愛纏綿想起賈璉方纔那種光景甚實傷心坐不住便起身向寶釵笑道我和你上太太屋裡去罷笑着出了房門一同來見賈母寶玉正在那裡回賈母往舅舅家

去賈母點頭說道去罷只是少吃酒早些回來你身子纔好些寶玉答應着出來剛走到院內又轉身回來向寶釵耳邊說了几句不知什麼寶釵笑道是了你快去罷將寶玉催着去了這裡賈母和鳳姐寶釵說了沒三句話只見秋紋進來傳說二爺打發焙茗回來說請二奶奶寶釵道他又忘了什麼又叫他回來秋紋道我叫小丫頭問了焙茗說是二爺忘了一句話二爺叫我回來告訴二奶奶若是去呢快些來罷若不去呢別在風地裡站着說的賈母鳳姐並地下站着的老婆子丫頭都笑了寶釵的臉上飛紅把秋紋啐了一口說道好個糊塗東西這也值的這麼慌慌張張跑了來說秋紋也笑着回去叫小丫頭去

駡焙茗那焙茗一面跑着一面回頭說道二爺把我巴巴兒的叫下馬來叫回來說我若不說回來對出來又駡我了這會子說了他們又駡我那丫頭笑着跑回來說了賈母向寶釵道你去罷省了他這麼不放心說的寶釵站不住又被鳳姐謳着頓笑沒好意思纔走了只見散花寺的姑子大了來了給賈母請安見過了鳳姐坐着吃茶賈母因問他這一向怎麼不來大了道因這几日廟中作好事有几位誥命夫人不時在廟裡起坐所以不得空兒來今日特來回老祖宗明兒還有一家作好事不知老祖宗高興不高興若高興也去隨喜隨喜賈母便問做什麼好事大了道前月爲王大人府裡不干淨見神見鬼的偏

生那太太夜間又看見去世的老爺因此昨日在我廟裡告訴我要在散花菩薩跟前許願燒香做四十九天的水陸道場保佑家口安寧亡者昇天生者獲福所以我不得空兒來請老太太的却說鳳姐素日最是厭惡這些事自從昨夜見鬼心中總只是疑疑惑惑的如今聽了大了這些話不覺把素日的心性改了一半已有三分信意便問大了道這散花菩薩是誰他怎麼就能避邪除鬼呢大了見問便知他有些信意說道奶奶要問這位菩薩等我告訴你奶奶知道這個散花菩薩根基不淺道行非常生在西天大樹國中父母打柴爲生養下菩薩來頭長三角眼横四目身長八尺兩手拖地父母說這是妖精便棄

在冰山背後了誰知這山上有一個得道的老猢猻出來打食看見菩薩頂上白氣冲天虎狼遠避知道來歷非常便抱回洞中撫養誰知菩薩帶了來的聰慧禪也會談與猢猻天天談道參禪說的天花散漫到了一千年後便飛昇了至今山上猶見談經之處天花散漫所求必靈時常顯聖救人苦厄因此世人纔蓋了廟塑了像供奉着鳳姐道這有什麼憑據呢大了道奶奶又來搬駁了一個佛爺可有什麼憑據呢就是撒謊也不過哄一兩個人罷咧難道古往今來多少明白人都被他哄了不成奶奶只想惟有佛家香火歷來不絕他到底是祝國裕民有些靈驗人纔信服啊鳳姐聽了大有道理因道既這麼着我明

兒去試試你廟裡可有籤我去求一籤我心裡的事籤上批的出來我從此就信了大了道我們的籤最是靈的明兒奶奶去求一籤就知道了賈母道既這麼著索性等到後日初一你再去求說着大了吃了茶到王夫人各房裡去請了安回去不提這裡鳳姐勉強扎掙著到了初一清早令人預備了車馬帶著平兒并許多奴僕來至散花寺大了帶了眾姑子接了進去獻茶後便洗手至大殿上焚香那鳳姐兒也無心瞻仰聖像一秉虔誠磕了頭舉起籤筒默默的將那見鬼之事並身體不安等故祝告了一回纔搖了三下只聽唰的一聲筒中攛出一支籤來于是叩頭拾起一看只見寫着第三十三籤上上大吉大了

忙查籤簿看時只見上面寫着王熙鳳衣錦還鄉鳳姐一見這幾個字吃一大驚忙問大了道古人也有叫王熙鳳的麽大了笑道奶奶最是通今博古的難道漢朝的王熙鳳求官的這一段事也不曉得周瑞家的在傍笑道前年李先兒還說這一回書來着我們還告訴他重着奶奶的名字不許叫呢鳳姐笑道可是呢我倒忘了說着又瞧底下的寫的是

去國離鄉二十年　於今衣錦返家園

蜂採百花成蜜後　爲誰辛苦爲誰甜

行人至　音信遲　訟宜和　婚再議

看完也不甚明白大了道奶奶大喜這一籤巧得狠奶奶自幼

在這裡長大何曾回南京去過如今老爺放了外任或者接家眷來順便回家奶奶可不是衣錦還鄉了一面說一面抄了個籤經交與丫頭鳳姐也半疑半信的大了擺了齋來鳳姐只動了一動放下了要走又給了香銀大了苦留不住只得讓他走了鳳姐回至家中見了賈母王夫人等問起籤來命人一解都歡喜非常或者老爺果有此心偺們走一蹚也好鳳姐兒見人人這麽說也就信了不在話下却說寶玉這一日正睡午覺醒來不見寶釵正要問時只見寶釵進來寶玉問道那裡去了半日不見寶釵笑道我給鳳姐姐瞧一回籤寶玉聽說便問是怎麽樣的寶釵把籤帖念了一回又道家中人人都說好的據我

看這衣錦還鄉四字裡頭還有原故後來再瞧罷了寶玉道你
又多疑了妄解聖意衣錦還鄉四字從古至今都知道是好的
今兒你又偏生看出緣故來了依你說道衣錦還鄉還有什麽
別的解說寶釵正要解說只見王夫人那邊打發了頭過來請
二奶奶寶釵立刻過去未知何事下回分解

紅樓夢第一百一回終

紅樓夢第一百二回

寧國府骨肉病災祲　大觀園符水驅妖孽

話說王夫人打發人來喚寶釵寶釵連忙過來請了安王夫人道你三妹妹如今要出嫁了你們作嫂子的大家開導開導他也是你們姊妹之情況且他也是個明白孩子我看你們兩個也狠合的來只是我聽見說寶玉聽見他三妹妹出門子哭的了不的你也該勸勸他纔是如今我的身子是十病九痛的你二嫂子也是三日好兩日不好你還心地明白些諸事該管的也別說只管吞着不肯得罪人將來這一番家事都是你的擔子寶釵答應着王夫人又說道還有一件事你二嫂子昨兒帶

了柳家媳婦的丫頭來說補在你們屋裡寶釵道今日平兒纔帶過來說是太太和二奶奶的主意王夫人道是啊你二嫂子和我說我想也沒要緊不便駁他的回只是一件我見那孩子眉眼兒上頭也不是個狠安頓的起先為寶玉房裡的丫頭狐狸是的我攆了几個那時候你也自然知道纔搬回家去的如今有你固然不比先前了我告訴你不過留點神兒就是了你們屋裡就是襲人那孩子還可以使得寶釵答應了又說了几句話便過來了飯後到了探春那邊自有一番殷勤勸慰之言不必細說次日探春將要起身又來辭寶玉寶玉自然難割難分探春倒將綱常大體的話說的寶玉始而低頭不語後來轉

悲作喜似有醒悟之意於是探春放心辭別衆人竟上轎登程水舟陸車而去先前衆姊妹們都住在大觀園中後來賈妃薨後也不修葺到了寶玉娶親林黛玉一死史湘雲囘去寶琴在家住着園中人少況兼天氣寒冷李紈姊妹探春惜春等俱挪囘舊所到了花朝月夕依舊相約玩耍如今探春一去寶玉病後不出屋門益發没有高興的人了所以園中寂寞只有幾家看園的人住着那日尤氏過來送探春起身因天晚省得套車便從前年在園裡開通寧府的那個便門裡走過去了覺得淒涼滿目臺榭依然女墻一帶都種作園地一般心中悵然如有所失因到家中便有些身上發熱扎挣一兩天竟躺倒了日間的發燒猶可夜裡身熱異常便譫語綿綿賈珍連忙請了大夫看視說感冒起的如今纏經入了足陽明胃經所以譫語不清如有所見有了大穢即可身安尤氏服了兩劑並不稍減更加發起狂來賈珍着急便叫賈蓉來打聽外頭有好醫生再請幾位來瞧瞧賈蓉囘道前兒這個大夫是最興時的了只怕我母親的病不是藥治得好的賈珍道胡說不吃藥難道由他去罷賈蓉道不是說不治爲的是前日母親往西府去囘來是穿着園子裡走過來的一到了家就身上發燒別是撞客着了罷外頭有個毛半仙是南方人卦起的狠靈不如請他來占筭占筭看有信兒呢就依着他要是不中用再請別的好大夫來賈珍

聽了即刻叫人請來坐在書房內喝了茶便說府上叫我不知占什麼事賈蓉道家母有病請教一卦毛半仙道既如此取淨水洗手設下香案讓我起出一課來看就是了一時下人安排定了他便懷裏掏出卦筒來走到上頭恭恭敬敬的作了一個揖手內搖着卦筒口裏念道伏以太極兩儀絪緼交感圖書出而變化不窮神聖作而誠求必應茲有信官賈某爲因母病虔請伏羲文王周公孔子四大聖人鑒臨在上誠感則靈有凶報凶有吉報吉先請內象三爻說着將筒內的錢倒在盤內說有靈的頭一爻就是交拿起來又搖了一搖倒出來說是单第三爻又是交檢起錢來嘴裏說是內爻已示更請外象三爻完成

一卦起出來是單拆單那毛半仙收了卦筒和銅錢便坐下問道請坐請坐讓我來細細的看看這個卦乃是未濟之卦世爻是第三爻午火兄弟刼財悔氣是一定該有的如今尊駕爲母問病用神是初爻真是父母爻動出官鬼來五爻上又有一層官鬼我看令堂太夫人的病是不輕的還好還好如今子亥之水休囚寅木動而生火世爻上動出一個子孫來倒是尅鬼的况且日月生身再隔兩日子水官鬼落空交到戌日就好了但是父母爻上變鬼恐怕令尊大人也有些關碍就是本身世爻比刼過重到了水旺土衰的日子也不好說完了便撅着鬍子坐着賈蓉起先聽他搗鬼心裏忍不住要笑聽他講的卦理明

白又說生怕父親也不好便說道卦是極高明的但不知我母親到底是什麽病毛半仙道據這卦上世爻午火變水相尅必是寒火凝結若要斷的清楚揲着也不大明白除非用大六壬纔斷的准賈蓉道先生都高明的麽毛半仙道知道些賈蓉便要請教報了一個時辰毛先生便畫了盤子將神將排定筭去是戌上白虎這課叫做魄化課大凡白虎乃是凶將乘旺象氣受制便不能爲害如今乘着死神死煞及時令囚死則爲餓虎定是傷人就如魄神受驚消散故名魄化這課象說是人身喪魄憂患相仍病多死喪訟有憂驚按象有日墓虎臨必定是傍晚得病的象內說凡占此課必定舊宅有伏虎作怪或有形響

如今尊駕爲大人而占正合著虎在陽憂男在陰憂女此課十分凶險呢賈蓉没有聽完唬得面上失色道先生說的狠是但與那卦又不大相合到底有妨礙麽毛半仙道你不用慌待我慢慢的再看低着頭又咕嚷了一會子便說好了有救星了筭出巳上有貴神救解謂之魄化魂歸先憂後喜是不妨事的只要小心些就是了賈蓉奉上卦金送了出去回禀賈珍說是母親的病是在舊宅傍晚得的爲撞着什麽伏屍白虎賈珍道你說你母親前日從園裡走回來的可不是那裡撞着的你還記得你二嬸娘到園裡去回來就病了他雖没有見什麽後來那些丫頭老婆們都說是山子上一個毛烘烘的東西眼睛有燈

籠大還會說話他把二奶奶赶出来了唬出一場病来賈蓉道怎麼不記得我還聽見寶二叔家的焙茗說晴雯做了園裡芙蓉花的神了林姑娘死了半空裡有音樂必定他也是管什麼花兒了想這許多妖怪在園裡還了得頭裡人多陽氣重常來常往不打緊如今冷落的時候母親打那裡走還不知踹了什麼花兒呢不然就是撞着那一個那卦也還筭是准的賈珍道到底說有妨碍沒有呢賈蓉道據他說到了戊日就好了只願早兩天好或除兩天纔好賈珍道這又是什麼意思賈蓉道那先生若是這樣准生怕老爺也有些不自在正說著裡頭喊說奶奶要坐起到那邊園裡去了頭們都按捺不住賈珍等進去

安慰只聞尤氏嘴裡亂說穿紅的来叫我穿綠的來赶我地下這些人又怕又好笑賈珍便命人買些紙錢送到園裡燒化果然那夜出了汗便安靜些到了戊日也就漸漸的好起來由是一人傳十十人傳百都說大觀園中有了妖怪唬得那些看園的人也不修花補樹灌溉菓蔬起先晚上不敢行走以致鳥獸逼人近來甚至日間也是約伴持械而行過了些時果然賈珍也病竟不請醫調治輕則到園化紙許愿重則詳星拜斗賈珍方好賈蓉等相繼而病如此接連數月鬧的兩府俱怕從此風聲鶴唳草木皆妖園中出息一槩全蠲各房月例重新添起反弄的榮府中更加拮据那些看園的沒有了想頭個個要離此

處每每造言生事便將花妖樹怪編派起來各要搬出將園門封固再無人敢到園中以致崇樓高閣瓊館瑶臺皆爲禽獸所棲却說晴雯的表兄吳貴正住在園門口他媳婦自從晴雯死後聽見說作了花神每日晚間便不敢出門這一日吳貴出門買東西回來晚了那媳婦子本有些感冒着了日間吃錯了藥晚上吳貴到家已死在炕上外面的人因那媳婦子不大妥當便說妖怪爬過墻來吸了精去死的于是老太太着急的了不得另派了好些人將寶玉的住房圍住廵邏打更這些小丫頭們還說有看見紅臉的有看見很俊的女人的吵嚷不休唬的寶玉天天害怕虧得寶釵有把持聽見丫頭們混說便嚇唬着

要打所以那些謡言略好些無奈各房的人都是疑人疑鬼的不安靜也添了人坐更於是更加了好些食用獨有賈赦不大狠信說好好兒的園子那裡有什麽鬼怪挑了個風清日煖的日子帶了好几個家人手內持着器械到園踹看動靜衆人勸他不依到了園中果然陰氣逼人賈赦還扎挣前走跟的人都探頭縮腦的內中有個年輕的家人心內已經害怕只聽唿的一聲回過頭來只見五色燦爛的一件東西跳過去了唬的嗳喲一聲腿子發軟就栽倒了賈赦回身查問那小子喘嘘嘘的回道親眼看見一個黃臉紅鬍子綠衣裳一個妖精走到樹林子後頭山窟窿裡去了賈赦聽了便也有些膽怯問道你們都

看見麼有几個推順水船兒的回說怎麼沒瞧見因老爺在頭裡不敢驚動罷了奴才們還掌得住說得賈赦害怕也不敢再走急急的回來吩咐小子們不用提及只說看遍了沒有什麼東西心裡實也料信要到真人府裡請法官驅邪豈知那些家人無事還要生事今見賈赦怕了不但不瞞著反添些穿鑿說得人人吐舌賈赦沒法只得請道士到園作法驅邪逐妖擇吉日先在省親正殿上鋪排起壇場來供上三清聖像傍設二十八宿并馬趙溫周四大將下排三十六天將圖像香花燈燭設滿一堂鐘鼓法器排列兩邊插著五方旗號道紀司派定四十九位道衆的執事淨了一天壇三位法官行香取水畢然後擂

起法鼓法師們俱戴上七星冠披上九宮八卦的法衣踏着登雲履手執牙笏便拜表請聖又念了一天的消災驅邪接福的洞元經已後便出牓召將牓上大書太乙混元上清三境靈寶符籙演教大法師行文勅令本境諸神到壇聽用那日兩府上下爺們仗著法師擒妖都到園中觀看都說好大法令呼神遣將的鬧起來不管有多少妖怪也唬跑了大家都擠到壇前只見小道士們將旗旛舉起按定五方站住伺候法師號令三位法師一位手提寶劍拿著法水一位捧着七星皂旗一位舉著桃木打妖鞭立在壇前只聽法器一停上頭令牌三下口中念起咒來那五方旗便團團散布法師下壇叫本家領着到各處

樓閣殿亭房廊屋舍山崖水畔灑了法水將劍指畫了一回回來連擊令牌將七星旗祭起眾道士將旗旛一聚接下打妖鞭望空打了三下本家眾人都道拿住妖怪爭着要看及到跟前並不見有什麼形響只見法師叫眾道士拿取瓶罐將妖收下加上封條法師硃筆書符收起令人帶回在本觀塔下鎮住一面撤壇謝將賈赦恭敬叩謝了法師賈蓉等小弟兄背地都笑個不住說這樣的大排場我打量拿着妖怪給我們瞧瞧到底是些什麼東西那裡知道是這樣搜羅究竟妖怪拿去了沒有賈珍聽見罵道糊塗東西妖怪原是聚則成形散則成氣如今多少神將在這裡還敢現形嗎無非把這妖氣收了便不作祟就是法力了眾人將信將疑且等不見響動再說那些下人只知妖怪被擒疑心去了便不大驚小怪往後果然沒人提起了賈珍等病愈復原都道法師神力獨有一個小廝笑說道頭裡那些響動我也不知道就是跟著大老爺進園這一日明明是個大公野雞飛過去了拴兒嚇離了眼說的活像我們都替他圓了個謊大老爺就認真起來倒瞧了個很熱鬧的壇場眾人雖然聽見那裡肯信究無人敢住一日賈赦無事正想要叫已個家下人搬住園中看守惟恐夜晚藏匿奸人方欲傳出話去只見賈璉進來請了安回說今日到大舅家去聽見一個荒信說是二叔被節度使參進來為的是失察屬員重徵糧米請旨

革職的事賈赦聽了吃驚道只怕是謠言罷前兒你二叔帶書子來說探春於某日到了任所擇了某日吉時送了你妹子到了海疆路上風恬浪靜合家不必掛念還說節度認親倒設席賀喜那裡有做了親戚倒提參起來的且不必言語快到吏部打聽明白就來回我賈璉即刻出去不到半日回來便說纔到吏部打聽果然二叔被參題本上去虧得皇上的恩典沒有交部便下旨意說是失察屬員重徵糧米苛虐百姓本應革職姑念初膺外任不諳吏治被屬員蒙蔽着降三級加恩仍以工部員外上行走并令即日回京這信是准的正在吏部說話的時候來了一個江西引見的知縣說起我們二叔是狠感激的但

說是個好上司只是用人不當那些家人在外招搖撞騙欺凌屬員已經把好明聲都弄壞了節度大人早已知道也說我們二叔是個好人不知怎麼樣這回又參了想是忒鬧得不好恐將來弄出大禍所以借了一件失察的事情參的倒是避重就輕的意思也未可知賈赦未聽說完便叫賈璉先去告訴你嬸子知道且不必告訴老太太就是了賈璉去回王夫人未知有何話說下回分解

紅樓夢第一百二回終

紅樓夢第一百三回

施毒計金桂自焚身　昧眞禪雨村空遇舊

話說賈璉到了王夫人那邊一一的說了次日到了部裡打點停妥回來又到王夫人那邊將打點吏部之事告知王夫人王夫人便道打聽准了麽果然這樣老爺也願意合家也放心那外任何嘗是做得的不是這樣回來只怕叫那些混賬東西把老爺的性命都坑了呢賈璉道太太怎麽知道王夫人道自從你二叔放了外任並沒有一個錢拿回來把家裡的倒掏摸了好些去了你瞧那些跟老爺去的人他男人在外頭不多幾時那些小老婆子們都金頭銀面的粧扮起來了可不是在外頭

瞞着老爺弄錢你叔叔就由着他們鬧去要弄出事來不但自已的官做不成只怕連祖上的官也要抹掉了呢賈璉道太太說的狠是方纔我聽見參了唬的了不得直等打聽明白纔放心也願意老爺做個京官安安逸逸的做幾年纔保得住一輩子的聲名就是老太太知道了倒也是放心的只要太太說的寬緩些王夫人道我知道你到底再去打聽打聽賈璉答應了纔要出來只見薛姨媽家的老婆子慌慌張張的走來到王夫人裡間屋內也沒說請安便道我們太太叫我來告訴這裡的姨太太說我們家了不得了又鬧出事來了王夫人聽了便問鬧出什麽事來那婆子又說了不得了不得王夫人哼道糊塗

東西有緊要事你到底說呀婆子便說我們家二爺不在家一個男人也沒有這件事情出來怎麼辦要求太太打發幾位爺們去料理料理王夫人聽着不懂便着急道到底要爺們去幹什麼婆子道我們大奶奶死了王夫人聽了啐道呸那行子女人死就死了罷咧也值的大驚小怪的婆子道不是好好兒死的是混鬧死的快求太太打發人去辦辦說著就要走王夫人又生氣又好笑說這老婆子好混賬璉哥兒倒不如你去瞧瞧別理那糊塗東西那婆子沒聽見打發人去只聽見說別理他他便賭氣跑回去了這裡薛姨媽正在着急再不見來好容易那婆子來了便問姨太太打發誰来婆子嘆說道人再別有急

難事什麼好親好眷看來也不中用姨太太不但不肯照應我們倒罵我糊塗薛姨媽聽了又氣又急道姨太太不管你姑奶奶怎麼說來着婆子道姨太太既不管我們家的姑奶奶自然更不管了沒有去告訴薛姨媽啐道姨太太是外人姑娘是我養的怎麼不管婆子一時省悟道是啊這麼著我還去正說着只見賈璉來了給薛姨媽請了安道了惱回說我嬸子知道弟婦死了問老婆子再說不明着急的狠打發我來問個明白還叫我在這裡料理該怎麼樣姨太太只管說了辦去薛姨媽本來氣的乾哭聽見賈璉的話便趕忙說倒叫二爺費心我說姨太太是待我最好的都是這老貨說不清幾乎悮了事請二爺

坐下等我慢慢的告訴你便說不爲別的事爲的是媳婦不是好死的賈璉道想是爲兄弟犯事惡命死的薛姨媽道若這樣倒好了前幾個月頭裡他天天赤脚蓬頭的瘋鬧後來聽見你兄弟問了死罪他雖哭了一場已後倒擦胭抹粉的起來我要說他又要吵個了不得我總不理他有一天不知爲什麼來要香菱去作伴兒我說你放著寶蟾要香菱做什麼况且香菱是你不愛的何苦惹氣呢他必不依我没法兒只得叫香菱到他屋裡去可憐香菱不敢違我的話帶着病就去了誰知道他待香菱很好我倒喜歡你大妹妹知道了說只怕不是好心罷我也不理會頭幾天香菱病着他倒親手去做湯給他喝誰知香

菱没福剛端到跟前他自己燙了手連碗都砸了我只說必要遷怒在香菱身上他倒没生氣自己還拿笤箒掃了拿水潑淨了地仍舊兩個人狠好昨兒晚上又叫寶蟾去做了兩碗湯來自己說和香菱一塊兒喝隔了一會子聽見他屋裡鬧起來寳蟾急的亂嚷已後香菱也嚷着扶着墻出來叫人我忙着看去只見媳婦鼻子眼睛裡都流出血來在地下亂滚兩隻手在心口裡亂抓兩隻脚亂蹬把我就唬死了問他也說不出來鬧了一會子就死了我瞧那個光景兒是服了毒的寳蟾就哭著來揪香菱說他拿藥藥死奶奶了我看香菱也不是這麼樣的人再者他病的起還起不來怎麼能藥人呢無奈寳蟾一口咬定

我的二爺這叫我怎麼辦只得硬着心腸叫老婆子們把香菱捆了交給寶蟾便把房門反扣了我和你二妹妹守了一夜等府裡的門開了纔告訴去的二爺你是明白人這件事怎麼好賈璉道夏家知道了沒有薛姨媽道也得撕擄明白了纔好報啊賈璉道據我看起來必要經官纔了的下來我們自然疑在寶蟾身上别人却說寶蟾爲什麼藥死他們姑娘呢若說在香菱身上倒還裝得上正說着只見榮府的女人們進來說我們二奶奶來了賈璉雖是大伯子因從小兒見的也不迴避寶釵進來見了母親又見了賈璉便往裡間屋裡和寶琴坐下薛姨媽進來也將前事告訴了一遍寶釵便說若把香菱捆了可不

是我們也說是香菱藥死的了麼媽媽說這湯是寶蟾做的就該捆起寶蟾來問他呀一面就該打發人報夏家去一面報官纔是薛姨媽聽見有理便問賈璉賈璉道二妹妹說的很是報官還得我去托了刑部裡的人相驗問口供的時候方有照應只是要捆寶蟾放香菱倒怕難些薛姨媽道並不是我要捆香菱我恐怕香菱病中受寃着急一時尋死又添了一條人命纔捆了交給寶蟾也是個主意賈璉道雖是這麼說我們倒帮了寶蟾了若要放都放要捆都捆他們三個人是一處的只要叫人安慰香菱就是了薛姨媽便叫人開門進去寶釵就派了帶來的幾個女人帮着捆寶蟾只見香菱已哭的死去活來寶蟾

反得意洋洋巳後見人要捆他便亂嚷起來那禁得榮府的人吆喝着也就捆了竟開著門好叫人看着這裡報夏家的人已經去了那夏家先前不住在京裡因近年消索又惦記女孩兒新近搬進京來父親已沒只有母親又過繼了一個混賬兒子把家業都花完了不時的常到薛家那金桂原是個水性人兒那裡守得住空房況兼天天心裡想念薛蝌便有些饑不擇食的光景無奈他這個乾兄弟又是個蠢貨雖也有些知覺祇是尚未入港所以金桂時常回去也幫貼他些銀錢這些時正盼金桂回家只見薛家的人來心裡想着又拿什麼東西來了不料說這裡的姑娘服毒死了他就氣的亂嚷亂叫金桂的母親

聽見了更哭喊起來說好端端的女孩兒在他家為什麼服了毒呢哭著喊著的帶了兒子也等不得僱車便要走來那夏家本是買賣人家如今沒了錢那顧什麼臉面兒子頭裡走他就跟了個破老婆子出了門在街上哭哭啼啼的僱了一輛車一直跑到薛家進門也不搭話就兒一聲肉一聲的鬧起那時賈璉到刑部去托人家裡只有薛姨媽寶釵寶琴何曾見過這個陣仗兒都嚇的不敢則聲要和他講理他也不聽只說我女孩兒在你家得過什麼好處兩口子朝打暮駡鬧了幾時還不容他兩口子在一處你們商量着把我女婿弄在監裡永不見面你們娘兒們仗着好親戚受用也罷了還嫌他礙眼叫人藥死

他倒說是服毒他爲什麼服毒說着直奔薛姨媽來薛姨媽只得退後說親家太太且瞧瞧你女孩兒問問寶蟾再說歪話還不遲呢寶釵寶琴因外面有夏家的兒子難以出來攔護只在裡邊着急恰好王夫人打發周瑞家的照看一進門來見一個老婆子指著薛姨媽的臉哭罵周瑞家的知道必是金桂的母親便走上來說這位是親家太太麼大奶奶自己服毒死的與我們姨太太什麼相干也不犯這麼遭塌呀那金桂的母親問你是誰薛姨媽見有了人膽子略壯了些便說這就是我們親戚賈府裡的金桂的母親便道誰不知道你們有仗腰子的親戚纔能殼叫姑爺坐在監裡如今我的女孩兒倒白死了不成

說着便拉薛姨媽說你到底把我女孩兒怎麼弄殺了給我瞧瞧周瑞家的一面勸說只管瞧去不用拉拉扯扯把手只一推夏家的兒子便跑進來不依道你仗著府裡的勢頭兒來打我母親麼說著便將椅子打去却沒有打着裡頭跟寶釵的人聽見外頭鬧起來赶着來瞧恐怕周瑞家的吃虧齊打夥兒上去半勸半喝那夏家的母子索性撒起潑來說知道你們榮府的勢頭兒我們家的姑娘已經死了如今也都不要命了說着仍奔薛姨媽拚命地下的人雖多那裡擋得住自古說的一人拚命萬夫莫當正鬧到危急之際賈璉帶了七八個家人進來見是如此便叫人先把夏家的兒子拉出去便說你們不許鬧有

人來便哭喊說我們姑娘好意待香菱叫他在一塊兒住他倒抽空兒藥死我們姑娘那時薛家上下人等俱在便齊聲吆喝道胡說昨日奶奶喝了湯纔藥死的這湯可不是你做的寶蟾道湯是我做的端了來我有事走了不知香菱起來放了些什麼在裡頭藥死的金桂的母親沒聽完就奔香菱衆人攔住薛姨媽便道這樣子是砒霜藥的家裡决無此物不管香菱寶蟾終有替他買的回來刑部少不得問出來纔賴不去如今把媳婦權放平正好等官來相驗衆婆子上來抬放寶釵道都是男人進來你們將女人動用的東西檢點檢點只見炕褥底下有一個揉成團的紙包兒金桂的母親瞧見便拾起打開看時並沒有什麼便撩開了寶蟾看見道可不是有了憑據了這個紙包兒我認得頭幾天耗子鬧的慌奶奶家去找舅爺要的拿回來在擱首飾匣內必是香菱看見了拿來藥死奶奶的若不信他們看見首飾匣裡有沒有了金桂的母親便依着寶蟾的話取出匣子來只有幾支銀簪子薛姨媽便說怎麼好些首飾都沒有了寶釵叫人打開箱櫃俱是空的便道嫂子這些東西被誰拿去這可要問寶蟾金桂的母親心裡也虛了好些見薛姨媽查問寶蟾便說姑娘的東西他那裡知道周瑞家的道親家太太別這麼說麼我知道寶姑娘是天天跟着大奶奶的怎麼說不知道寶蟾見問得緊又不好胡賴只得說道奶奶自已每

每帶回家去我管得麼衆人便說好個親家太太哄着拿姑娘的東西哄完了叫他尋死來訛我們好罷咧回來相驗就是這麼說寶釵叫人到外頭告訴璉二爺說別放了夏家的人裡頭金桂的母親忙了手脚便罵寶蟾道小蹄子別嚼舌頭了姑娘幾時拿東西到我家去寶蟾道如今東西是小給姑娘償命是大寶琴道有了東西就有償命的人了快請璉二哥哥問準了夏家的兒子買砒霜的話回來好回刑部裡的話金桂的母親着了急道這寶蟾必是撞見鬼了混說起來我們姑娘何嘗買過砒霜要這麼說必是寶蟾藥死了的寶蟾急的亂嚷說別人賴我也罷了怎麼你們也賴起我來呢你們不是常和姑娘說

叫他別受委屈鬧得他們家破人亡那時將東西捲包兒一走再配一個好姑爺這個話是有的沒有金桂的母親還未及答言周瑞家的便接口說道這是你們家的人說的還賴什麼呢金桂的母親恨的咬牙切齒的罵寶蟾說我待他不錯呀為什麼你倒拿話來葬送我呢回來見了官我就說是你藥死姑娘的寶蟾氣的瞪着眼說請太太放了香菱罷不犯着白害別人我見官自有我的話寶釵聽出這個話頭兒來了便叫人反倒放開了寶蟾說你原是個爽快人何苦白寃在裡頭你有話索性說了大家明白豈不完了事了呢寶蟾也怕見官受苦便說我們奶奶天天抱怨說我這樣人為什麼碰着這個瞎眼的娘

不配給二爺偏給了這麽個混賬糊塗行子要是能彀和二爺過一天死了也是願意的說到那裡便恨香菱我起初不理會後來看見和香菱好了我只道是香菱怎麽哄轉了不承望昨兒的湯不是好意金桂的母親接說道越發胡說了若是要藥香菱為什麽倒藥了自已呢寶釵便問道香菱昨日你喝湯來着沒有香菱道頭幾天我病的抬不起頭來奶奶叫我喝湯我不敢說不喝剛要扎掙起來那碗湯已經洒了倒叫奶奶收拾了個難我心裡狠過不去昨兒聽見叫我喝湯我喝不下去沒有法兒正要喝的時候兒偏又頭暈起來見寶蟾姐姐端了去我正喜歡剛合上眼奶奶自已喝着湯叫我嚐嚐我便勉强也

喝了兩口寶蟾不待說完便道是了我老實說罷昨兒奶奶叫我做兩碗湯說是和香菱同喝我氣不過心裡想着香菱那裡配我做湯給他喝呢我故意的一碗裡頭多抓了一把鹽記了暗記兒原想給香菱喝的剛端進來奶奶却攔着我叫外頭叫小子們僱車說今日回家去我出去說了回來見鹽多的這碗湯在奶奶跟前呢我恐怕奶奶喝着鹹又要罵我正沒法的時候奶奶往後頭走動我眼錯不見就把香菱這碗湯換過來了也是合該如此奶奶回來就拿了湯去到香菱床邊喝着說你到底嚐嚐那香菱也不覺鹹兩個人都喝完了我正笑香菱沒嘴道兒那裡知道這死鬼奶奶要藥香菱必定趁我不在將砒

霜撒上了也不知道我換碗這可就是天理昭彰自害自身了
于是衆人往前後一想真正一絲不錯便將香菱也放了扶着
他仍舊睡在床上不說香菱得放且說金桂的母親心虛事實
還想辯賴薛姨媽等你言我語反要他兒子償還金桂之命正
然吵嚷賈璉在外嚷說不用多說了快收拾停當刑部的老爺
就到了此時惟有夏家母子着忙想來總要吃虧的不得已反
求薛姨媽道千不是萬不是總是我死的女孩兒不長進這也
是他自作自受要是刑部相驗到底府上臉面不好看求親家
太太息了這件事罷寶釵道那可使不得已經報了怎麽能息
呢周瑞家的等人大家做好做歹的勸說若要息事除非夏親

家太太自已出去攔驗我們不提長短罷了賈璉在外也將他
兒子嚇住他情愿迎到刑部具結攔驗衆人依允薛姨媽命人
買棺成殮不題且說賈雨村陞了京兆府尹兼管稅務一日出
都查勘開墾地畝路過知機縣到了急流津正要渡過彼岸因
待人夫暫且停轎只見村傍有一座小廟墻壁坍頹露出幾株
古松倒也蒼老雨村下轎閒步進廟但見廟內神像金身脫落
殿宇歪斜傍有斷碣字跡糢糊也看不明白意欲行至後殿只
見一株翠柏下蔭着一間茅廬廬中有一個道士合眼打坐雨
村走近看時面貌甚熟想着倒像在那裡見過的一時再想不
起來從人便欲吆喝雨村止住徐步向前叫一聲老道那道士

雙眼略啟微微的笑道貴官何事雨村便道本府出都查勘事件路過此地見老道靜修自得想來道行深通意欲冒昧請教那道人說來自有地去自有方雨村知是有些來歷的便長揖請問老道從何處焚修在此結廬此廟何名廟中共有幾人或欲真修豈無名山或欲結緣何不通衢那道人道葫蘆尚可安身何必名山結舍廟名久隱斷碣猶存形影相隨何須修募豈似那玉在匵中求善價釵於匳內待時飛之輩耶雨村原是個穎悟人初聽見葫蘆兩字後聞釵玉一對忽然想起甄士隱的事來重復將那道士端詳一回見他容貌依然便屏退從人問道君家莫非甄老先生麼那道人微微笑道什麼真什麼假要

知道真即是假假即是真雨村聽說出賈字來益發無疑便從新施禮道學生自蒙慨贈到都托庇獲雋公車受任貴鄉始知老先生超悟塵凡飄舉仙境學生雖溯洄思切自念風塵俗吏未由再覩仙顏今何幸於此處相遇求老仙翁指示愚蒙倘荷不棄京寓甚近學生當得供奉得以朝夕聆教那道人也站起來回禮道我于蒲團之外不知天地間尚有何物適纔尊官所言貧道一概不解說畢依舊坐下雨村復又心疑想去若非士隱何貌言相似若此離別來十九載面色如舊必是修煉有成未肯將前身說破但我既遇恩公又不可當面錯過看來不能以富貴動之那妻女之私更不必說了想罷又道仙師既不肯

說破前因弟子於心何忍正要下禮只見從人進來禀說天色將晚快請渡河雨村正無主意那道人道請尊官速登彼岸見面有期遲則風浪頓起果蒙不棄貧道他日尚在渡頭候教說畢仍合眼打坐雨村無奈只得辭了道人出廟正要過渡只見一人飛奔而來未知何人下回分解

紅樓夢第一百三回終

囬道我叫醉金剛倪二雨村聽了生氣叫人打這東西瞧他是金剛不是手下把倪二按倒着實的打了幾鞭子倪二負痛酒醒求饒雨村在轎內哈哈笑道原來是這麽個金剛我且不打你叫人帶進衙門裡慢慢的問你衆衙役答應拴了倪二拉着就走倪二哀求也不中用雨村進內覆旨囘曹那裡把這件事放在心上那街上看熱鬧的三三兩兩傳說倪二仗着有些力氣恃酒訛人令兒碰在賈大人手裡只怕不輕饒的這話已傳到他妻女耳邊那夜果等倪二不見囬家他女兒便到各處賭場尋覔那賭博的都是這麽說他女兒哭了衆人都道你不用着急那賈大人是榮府的一家榮府裡的一個什麽二爺和你

父親相好你同你母親去找他說個情就放出來了倪二的女兒想了一想果然我父親常說間壁賈二爺和他好爲什麽不找他去赶着囬來就和母親說了娘兒兩個去找賈芸那日賈芸恰好在家見他母女兩個過來便讓坐賈芸的母親便命倒茶倪家母女將倪二被賈大人拿去的話說了一遍求二爺說個情兒放出來賈芸一口應承說這算不得什麽我到西府裡說一聲就放了那賈大人全仗着西府裡纔得做了這麽大官只要打發個人去一說就完了倪家母女歡喜囘來便到府裡告訴了倪二叫他不用忙已經求了賈二爺他滿口應承討個情便放出來的倪二聽了也喜歡不料賈芸自從那日給鳳姐

送禮不收不好意思進來也不常到榮府那榮府的門上原看着主子的行事叫誰走動纔有些體面一時來了他便進去通報若主子不大理了不論本家親戚他一槩不回支回去就完事那日賈芸到府說給璉二爺請安門上的說二爺不在家等回來我們替回罷賈芸欲要說請二奶奶的安又恐門上厭煩只得回家又被倪家母女催逼著說二爺常說府上不論那個衙門說一聲兒誰敢不依如今還是府裡的一家兒又不為什麼大事這個情還討不來白是我們二爺了賈芸臉上下不來嘴裡還說硬話昨兒我們家裡有事沒打發人說去少不得今兒說了就放什麼大不了的事倪家母女只得聽信豈知賈芸

近日大門竟不得進去繞到後頭要進園內找寶玉不料園門鎖著只得垂頭喪氣的回來想起那年倪二借銀買了香料送他纔派我種樹如今我沒錢打點就把我拒絕那也不是他的能為拿著太爺留下的公中銀錢在外放加一錢我們窮當家兒要借一兩也不能他打諒保得住一輩子不窮的了那裡知道外頭的名聲兒很不好我不說罷了若說起來人命官司不知有多少呢一面想着來到家中只見倪家母女正等著呢賈芸無言可支便說是西府裡已經打發人說了只言賈大人不依你還求我們家的奴才周瑞的親戚冷子興去纔中用倪家母女聽了說二爺這樣體面爺們還不中用若是奴才是更不

中用了賈芸不好意思心裡發急道你不知道如今的奴才比主子强多着呢倪家母女聽來無法只得冷笑幾聲說這倒難爲二爺白跑了這幾天等我們那一個出来再道乏罷說畢出来另托人將倪二弄出來了只打了幾板也沒有什麼罪倪二囘家他妻女將賈家不肯說情的話說了一遍倪二正喝着酒便生氣要找賈芸說這小雜種沒良心的東西頭裡他沒有飯吃要到府内鑽謀事辦虧我倪二爺幫了他如今我有了事他不管好罷咧要是我倪二鬧起來連兩府裡都不乾淨他妻女忙勸道噯你又喝了黄湯就是這麼有天沒日頭的前兒可不是醉了鬧的亂子捱了打還沒好呢你又鬧了倪二道捱了打

就怕他不成只怕拿不著由頭兒我在監裡的時候倒認得了好幾個有義氣的朋友聽見他們說起來不獨是城裡姓賈的多外省姓賈的也不少前兒監裡收下了好幾個賈家的家人我倒說這裡的賈家小一輩子連奴才們雖不好他們老一輩的還好怎麼犯了事呢我打聽了打聽說是和這裡賈家是一家兒都住在外省審明白了觧進來問罪的我纔放心若說賈芸這小子他忘恩負義我就和幾個朋友說他家怎麼欺負人怎麼放重利怎麼强娶活人妻吵嚷出去有了風聲到了都老爺耳朶裡頭這一鬧起來叫他們纔認得倪二金剛呢他女人道你喝了酒睡去罷他又强占誰家的女人來着沒有的事

你不用混說了倪二道你們在家裡那裡知道外頭的事前年我在場兒裡碰見了小張說他女人被賈家占了他還和我商量我倒勸著他纔壓住了不知道小張如今那裡去了這兩年沒見若碰着了他我倪二太爺出個主意叫賈二小子死給我瞧瞧好好兒的孝敬孝敬我倪二太爺纔罷了說着倒身躺下嘴裡還是咕咕噥噥的說了一回便睡去了他妻女只當是醉話也不理他明日早起倪二又往賭場中去了不題且說雨村回到家中歇息了一夜將道上遇見甄士隱的事告訴了他夫人一遍他夫人便埋怨他為什麼不回去瞧一瞧倘或燒死了可不是偺們沒良心說着掉下淚來雨村道他是方外的人了

不肯和偺們在一處的正說着外頭傳進話來稟說前日老爺吩咐瞧那廟裡失火去的人回來了雨村踱了出來那衙役請了安回說小的奉老爺的命回去也沒等火滅冒着火進去瞧那道士那裡知他坐的地方兒都燒了小的想着那道士必燒死了那燒的牆屋往後塌了道士的影兒都沒有了只有一個蒲團一個瓢兒還是好好的小的各處找他的尸首連骨頭都沒有一點兒小的恐怕老爺不信想要拿這蒲團瓢兒回來做個証見小的這麼一拏誰知都成了灰了雨村聽畢心下明白知士隱仙去便把那衙役打發出去了回到房中並沒提起士隱火化之言恐怕婦女不知反生悲感只說並無形跡必是他

先走了雨村出來獨坐書房正要細想士隱的話忽有家人傳報說內廷傳旨交看事件雨村疾忙上轎進內只聽見人說今日賈存周江西糧道被參回來在朝內謝罪雨村忙到了內閣見了各大臣將海疆辦理不善的旨意看了出來即忙找着賈政先說了些爲他抱屈的話後又道喜問一路可好賈政也將違別以後的話細細的說了一遍雨村道謝罪的本上了沒有賈政道已上去了等膳後下來看旨意罷正說着只聽裡頭傳出旨來叫賈政賈政即忙進去各大人有與賈政關切的都在裡頭等着等了好一回方見賈政出來看見他帶着滿頭的汗衆人迎上去接著問有什麽旨意賈政吐舌道嚇死人嚇死人倒蒙各位大人關切幸喜沒有什麽事衆人道旨意問了些什麽賈政道旨意問的是雲南私帶神鎗一案本上奏明是原任太師賈化的家人主上一時記着我們先祖的名字便問起來我忙著磕頭奏明先祖的名字是代化主上便笑了還降旨意說前放兵部後降府尹的不是也叫賈化麽那時雨村也在傍邊倒嚇了一跳便問賈政道老先生怎麽奏的賈政道我便慢慢奏道原任太師賈化是雲南人現任府尹賈某是浙江人主上又問蘇州刺史奏的賈範是你一家子麽我又磕頭奏道是主上便變色道縱使家奴强占良民妻女還成事麽我一句不敢奏主上又問道賈範是你什麽人我忙奏道是遠族主上

哼了一聲降旨叫出來了可不是咤事衆人道本來也巧怎麽一連有這兩件事賈政道事倒不奇倒是都姓賈的不好算来我們寒族人多年代久了各處都有現在雖没有事究竟主上記着一個賈字就不好衆人說眞是眞假是假怕什麽賈政道我心裡巴不得不做官只是不敢告老現在我們家裡兩個世襲這也無可奈何的雨村道如今老先生仍是工部想來京官是没有事的賈政道京官雖然無事我究竟做過兩次外任也就說不齊了衆人道二老爺的人品行事我們都佩服的就是令兄大老爺也是個好人只要在令姪輩身上嚴緊些就是了賈政道我因在家的日子少舍姪的事情不大查考我心裡也不甚放心諸位今日提起都是至相好或者聽見東宅的姪兒家有什麽不奉規矩的事麽衆人道没聽見別的只有幾位侍郎心裡不大和睦內監裡頭也有些想來不怕什麽只要囑咐那邊令姪諸事留神就是了衆人說畢舉手而散賈政然後回家衆子姪等都迎接上来賈政迎着請賈母的安然後衆子姪俱請了賈政的安一同進府王夫人等已到了榮禧堂迎接賈政先到了賈母那裡拜見了陳述些違別的話賈母問探春消息賈政將許嫁探春的事都稟明了還說兒子起身急促難過重陽雖没有親見聽見那邊親家的人來說的極好親家老爺太太都說請老太太的安還說今冬明春大約還可調進京來

這便好了如今聞得海疆有事只怕那時還不能調賈母始則因賈政降調回來知探春遠在他鄉一無親故心下傷感後聽賈政將官事說明探春安好也便轉悲為喜便笑著叫賈政出去然後弟兄相見衆子姪拜見定了明日清晨拜祠堂賈政叫到自己屋內王夫人等見過寶玉賈璉替另拜見賈政見了寶玉果然比起身之時臉面豐滿倒覺安靜並不知他心裡糊塗所以心甚喜歡不以降調為念心想幸虧老太太辦理的好又見寶釵沈厚更勝先時蘭兒文雅俊秀便喜形於色獨見環兒仍是先前究不甚鍾愛歎息了半天忽然想起為何今日短了一人王夫人知是想着黛玉前因家書未報今日又剛到家正

是喜歡不便直告只說是病着豈知寶玉的心裡已如刀攪因父親到家只得把持心性伺候王夫人設筵接風子孫敬酒鳳姐雖是侄媳現辦家事也隨了寶釵等遞酒賈政便叫遞了一巡酒都歇息去罷命衆家人不必伺候待明早拜過宗祠然後進見分派已定賈政與王夫人說些別後的話餘者王夫人都不敢言倒是賈政先提起王子騰的事来王夫人也不敢悲戚賈政又說蟠兒的事王夫人只說他是自作自受趁便也將黛玉已死的話告訴賈政反嚇了一驚不覺掉下淚来連聲嘆息王夫人也掌不住也哭了傍邊彩雲等即忙拉衣王夫人止住重又說些喜歡的話便安寢了次日一早至宗祠行禮衆子姪

都隨往賈政便在祠旁廂房坐下叫了賈珍賈璉過來問起家中事務賈珍揀可說的說了賈政又道我初回家也不便來細細查問只是聽見外頭說起你家裡更不比從前諸事要謹慎纔好你年紀也不小了孩子們該管教管教別叫他們在外頭得罪人璉兒也該聽着不是纔回家就說你們因我有所聞所以纔說的你們更該小心些賈珍等臉漲通紅的也只答應個是字不敢說什麼賈政也就罷了回歸西府衆家人磕頭畢仍復進內衆女僕行禮不必多贅只說寶玉因昨日賈政問起黛玉王夫人答以有病他便暗裡傷心直待賈政命他回去一路上已滴了好些眼淚回到房中見寶釵和襲人等說話他便獨坐外間納悶寶釵叫襲人送過茶去知他必是怕老爺查問工

課所以如此只得過來安慰寶玉便借此過去向寶釵說你今夜先睡我要定定神這時更不如從前了三言倒忘兩語老爺瞧着不好你先睡叫襲人陪我略坐坐寶釵不便強他點頭應允寶玉出來便輕輕和襲人說央他把紫鵑叫來有話問他但是紫鵑見了我臉上總是有氣須得你去解勸開了再來纔好襲人道你說要定神我倒喜歡怎麼又定到這上頭去了有話你明兒問不得寶玉道我就是今晚得閒明日倘或老爺叫幹什麼便沒空兒了好姐姐你快去叫他來襲人道他不是二奶奶叫是不來的寶玉道所以得你去說明了纔好襲人道叫我

說什麼寶玉道你還不知道我的心和他的心麼都為的是林姑娘你說我並不是負心我如今叫你們弄成了一個負心的人了說着這話便瞧瞧裡間屋子用手指着說他是我本不願意的都是老太太他們捉弄的好端端把個林妹妹弄死了就是他死也該叫我見見說個明白他死了也不抱怨我嘎你到底聽見三姑娘他們說過的臨死恨怨我那紫鵑為他們姑娘也是恨的我了不得你想我是無情的人麼晴雯到底是個丫頭也沒有什麼大好處他死了我實告訴你罷我還做個祭文祭他呢這是林姑娘親眼見的如今林姑娘死了難道倒不及晴雯麼我連祭都不能祭一祭況且林姑娘死了還有靈聖的

他想起來不更要怨我麼襲人道你要祭就祭去誰攔着你呢寶玉道我自從好了起來就想要做一篇祭文不知道如今怎麼一點靈機兒都沒了要祭別人呢胡亂還使得祭他是斷斷粗糙不得一點兒的所以叫紫鵑來問他姑娘的心他打那裡看出來的我沒病的頭裡還想的出來病後都不記得了你倒說林姑娘已經好了怎麼忽然死的他好的時候我不去他怎麼說來着我病的時候他不來他又怎麼說來著所有他的東西我誆過來你二奶奶總不叫動不知什麼意思襲人道二奶奶惟恐你傷心罷了還有什麼呢寶玉道我不信林姑娘既是念我為什麼臨死把詩稿燒了不留給我作個記念又聽見說

天上有音樂響必是他成了神或是登了仙去我雖見過了棺材倒底不知道棺材裡有他没有襲人道你這話越發糊塗了怎麽一個人没死就擱在一個棺材裡當死了的呢寶玉道不是嗄大凡成仙的人或是肉身去的或是脫胎去的好姐姐你倒底叫了紫鵑來襲人道如今等我細細的說明了你的心他要肯來還好要不肯來還得費多少話就是來了見你也不肯細說據我的主意明日等二奶奶上去了我慢慢的問他或者倒可仔細還着閒空兒我再慢慢的告訴你寶玉道你說得也是你不知道我心裡的著急正說着麝月出來說二奶奶說天已四更了請二爺進去睡罷襲人姐姐必是說高了興了忘了

時候兒了襲人聽了道可不是該睡了有話明兒再說罷寶玉無奈只得進去又向襲人耳邊道明兒好歹别忘了襲人笑說知道了麝月着抹着臉笑道你們兩個又鬧鬼兒了爲什麽不和二奶奶說明了就到襲人那邊睡去由著你們說一夜我們也不管寶玉擺手道不用言語襲人恨道小蹄子兒你又嚼舌根看我明兒撕你的嘴回頭對寶玉道這不是你鬧的說了四更天的話一面說一面送寶玉進屋各人散去那夜寶玉無眠到了次日還想這事只聽得外頭傳進話來說衆親朋因老爺回家都要送戲接風老爺再四推辭說不必唱戲竟在家裡備了水酒倒請親朋過來大家談談於是定了後見擺席請人所以

進來告訴不知所請何人下回分解

紅樓夢第一百四回終

紅樓夢第一百五回

錦衣軍查抄寧國府　驄馬使彈劾平安州

話說賈政正在那裡設宴請酒忽見賴大急忙走上榮禧堂來回賈政道有錦衣府堂官趙老爺帶領好幾位司官說來拜望奴才要取職名來回趙老爺說我們至好不用的一面就下了車走進來了請老爺同爺們快接去賈政聽了心想和老趙並無來往怎麼也來現在有客留他不便不留又不好正自思想賈璉說叔叔快去罷再想一回人都進來了正說著只見二門上家人又報進來說趙老爺已進二門了賈政等搶步接去只見趙堂官滿臉笑容並不說什麼一逕走上廳來後面跟着五

六位司官也有認得的也有不認得的但是總不答話賈政等心裡不得主意只得跟着上來讓坐衆親友也有認得趙堂官的見他仰着臉不大理人只拉着賈政的手笑着說了幾句寒溫的話衆人看見來頭不好也有躲進裡間屋裡的也有垂手侍立的賈政正要帶笑敘話只見家人慌張報道西平王爺到了賈政慌忙去接已見王爺進來趙堂官搶上去請了安便說王爺已到隨來的老爺們就該帶領府役把守前後門衆官應了出去賈政等知事不好連忙跪接西平郡王用兩手扶起笑嘻嘻的說道無事不敢輕造有奉旨交辦事件要赦老接旨如今滿堂中筵席未散想有親友在此未便且請衆位府上親友

各散獨留本宅的人聽候趙堂官回說王爺雖是恩典但東邊的事這位王爺辦事認真想是早已封門衆人知是兩府干係恨不能脫身只見王爺笑道衆位只管就請叫人來給我送出去告訴錦衣府的官員說這都是親友不必盤查快快放出那些親友聽見就一溜烟如飛的出去了獨有賈赦賈政一干人唬得面如土色滿身發顫不多一會只見進來無數翻役各門把守本宅上下人等一步不能亂走趙堂官便轉過一付臉來回王爺道請爺宣旨意就好動手這些翻役都撩衣奮臂專等旨意西平王慢慢的說道小王奉旨帶領錦衣府趙全來查看賈赦家產賈赦等聽見俱俯伏在地王爺便站在上頭說有旨意賈赦交通外官依勢凌弱辜負朕恩有忝祖德著革去世職欽此趙堂官一疊聲叫拿下賈赦其餘皆看守維時賈赦賈政賈璉賈珍賈蓉賈薔賈芝賈蘭俱在惟寶玉假說有病在賈母那邊打混賈環本來不大見人的所以就將現在幾人看住趙堂官即叫他的家人傳齊司員帶同翻役分頭按房查抄登賬這一言不打緊唬得賈政上下人等面面相看喜得翻役家人摩拳擦掌就要往各處動手西平王道聞得赦老與政老同房各爨的理應遵旨查看賈赦的家資其餘且按房封鎖我們覆旨去再候定奪趙堂官站起來說回王爺賈赦賈政並未分家聞得他侄兒賈璉現在承總管家不能不盡行查抄西平王聽

了也不言語趙堂官便說賈璉賈赦兩處須得奴才帶領查抄纔好西平王便說不必忙先傳信後宅且叫內眷廻避再查不遲一言未了老趙家奴翻役已經拉着本宅家人領路分頭查抄去了王爺喝命不許囉唣待本爵自行查看說着便慢慢的站起來吩咐說跟我的人一個不許動都給我站在這裡候着回來一齊瞧着登數正說着只見錦衣司官跪禀說在內查去御用衣裙並多少禁用之物不敢擅動回來請示王爺一會子又有一起人來攔住西平王回說東跨所抄出兩箱子房地契又一箱借票都是違例取利的老趙便說好個重利盤剝很該全抄請王爺就此坐下叫奴才去全抄來再候定奪罷說着只見王府長史來禀說守門軍傳進來說主上特派北靜王到這裡宣旨請爺接去趙堂官聽了心想我好悔氣碰着這個酸王如今那位來了我就好施威了一面想着也迎出來只見北靜王已到大廳就向外站着說有旨意錦衣府趙全聽宣說奉旨著錦衣官惟提賈赦質審餘交西平王遵旨查辦欽此西平王領了旨意甚實喜歡便與北靜王坐下着趙堂官提取賈赦回衙裡頭那些查抄的人聽得北靜王到俱一齊出來及聞趙堂官走了大家沒趣只得侍立聽候北靜王便揀選兩個誠實司官並十來個老年翻役餘者一槩逐出西平王便說我正和老趙生氣幸得王爺到來降旨不然這裡很吃大虧北靜王說我

在朝內聽見王爺奉旨查抄賈宅我甚放心諒這裏不致茶毒不料老趙這麼混賬但不知現在政老及寶玉在那裏裏面不知鬧到怎麼樣了衆人回稟賈政等在下房看守着裏面已抄的亂騰騰了北靜王便吩咐司員快將賈政帶來問話衆人領命帶了上來賈政跪下不免含淚乞恩北靜王便起身拉着說政老放心便將旨意說了賈政感激涕零望北又謝了恩仍上來聽候王爺道政老方纔老趙在這裏的時候番役呈稟有禁用之物并重利欠票我們也難掩過這禁用之物原備辦貴妃用的我們聲明也無碍獨是借券想個什麼法兒纔好如今政老且帶司員實在將赦老家產呈出也就完事切不可再有隱

匿自干罪戾賈政答應道犯官再不敢但犯官祖父遺產並未分過惟各人所住的房屋有的東西便爲已有兩王便說這也無妨惟將赦老那邊所有的交出就是了又吩咐司員等依命行去不許胡亂混動司員領命去了且說賈母那邊女眷也擺家宴王夫人正在那邊說寶玉不到外頭看你老子生氣鳳姐帶病哼哼唧唧的說我看寶玉也不是怕人他見前頭陪客的人也不少了所以在這裏照應也是有的或老爺想起裏頭少個人在那裏照應太太便把寶兄弟獻出去可不是好賈母笑道鳳丫頭病到這個分兒這張嘴還是那麼尖巧正說到高興只聽見邢夫人那邊的人一直聲的嚷進來說老太太太太

不不好了多多少少的穿靴帶帽的强强盜來了翻箱倒籠的來拿東西賈母等聽着發獃又見平兒披頭散髮拉着巧姐哭哭啼啼的來說不好了我正和姐兒吃飯只見來旺被人拴着進來說姑娘快快傳進去請太太們廻避外頭王爺就進來抄家了我聽了幾乎唬死正要進房拿要緊的東西被一夥子人渾推渾趕出來了這裏該穿該帶的快快的收拾罷邢王二夫人聽得俱魂飛天外不知怎樣纔好獨見鳳姐先前圓睁兩眼聽着後來一仰身便栽倒地下賈母沒有聽完便嚇得涕淚交流連話也說不出來那時一屋子人拉這個扯那個正鬧得翻天覆地又聽見一叠聲嚷說叫裏頭女眷們廻避王爺進來了

寶釵寶玉等正在沒法只見地下這些丫頭婆子亂抬亂扯的時候賈璉喘吁吁的跑進來說好了好了幸虧王爺救了我們了衆人正要問他賈璉見鳳姐死在地下哭着亂叫又見老太太嚇壞了也回不過氣來更是着急還虧了平兒將鳳姐叫醒令人扶着老太太也甦醒了又哭的氣短神昏躺在炕上李紈再三寬慰然後賈璉定神將兩王恩典說明惟恐賈母邢夫人知道賈赦被拿又要唬死且暫不敢明說只得出來照料自己屋內一進屋門只見箱開櫃破物件搶得半空此時急的兩眼直竪淌淚發獃聽見外頭叫只得出來見賈政同司員登記物件一人報說枷楠壽佛一尊枷楠觀音像一尊佛座一件枷楠

借券實係盤剥究是誰行的政老據實纔好賈政聽了跪在地下磕頭說實在犯官不理家務這些事全不知道問犯官侄兒賈璉纔知賈璉連忙走上跪下稟說這一箱文書既在奴才屋裡抄出来的敢說不知道麽只求王爺開恩奴才叔叔並不知道的兩王道你父已經獲罪只可併案辦理你今認了也是正理如此叫人將賈璉看守餘俱散收宅內政老你須小心候旨我們進內覆旨去了這裡有官役看守說着上轎出門賈政等就在二門跪送北静王把手一伸說請放心覺得臉上大有不忍之色此時賈政魂魄方定猶是發怔賈蘭便說請爺爺到裡頭先瞧瞧老太太去呢賈政聽了疾忙起身進內只見各門上婦女亂糟糟的都不知要怎樣賈政無心查問一直到了賈母房中只見人人淚痕滿面王夫人寶玉等圍着賈母寂靜無言各各掉淚惟有邢夫人哭作一團因見賈政進來都說好了好了便告訴老太太說老爺仍舊好好的進來了請老太太安心罷賈母奄奄一息的微開雙目說我的兒不想還見的着你一聲未了便嚎啕的哭起來于是滿屋裡的人俱哭個不住賈政恐哭壞老母即收淚說老太太放心罷本來事情原不小蒙主上天恩兩位王爺的恩典萬般軫恤就是大老爺暫時拘質等問明白了主上還有恩典如今家裡一些也不動了賈母見賈赦不在又傷心起来賈政再三安慰方止衆人俱不敢走散獨

邢夫人回至自巳那邊見門全封鎖了頭老婆也鎖在几間屋裡無處可走便放聲大哭起來只得往鳳姐那邊去見二門傍邊也上了封條惟有屋門開着裡頭嗚咽不絕邢夫人進去見鳳姐面如紙灰合眼躺着平兒在傍暗哭邢夫人打諒鳳姐死了又哭起來平兒迎上來說太太先別哭奶奶纔抬回來像是死了的歇息了一會子甦過來哭了几聲這會子畧安了安神見太太也請定定神兒罷但不知老太太怎麼樣了邢夫人也不答言仍走到賈母那邊見眼前俱是賈政的人自巳夫子被拘媳婦病危女兒受苦現在身無所歸那裡止得住悲痛衆人勸慰李紈等令人收拾房屋請邢夫人暫住王夫人撥人服侍

賈政在外心驚肉跳拈鬚搓手的等候旨意聽見外面看守軍人亂嚷道你到底是那一邊的既碰在我們這裡就記在這裡册上拴着他交給裡頭錦衣府的爺們賈政出外看時見是焦大便說怎麼跑到這裡來焦大見問便號天跺地的哭道我天天勸這些不長進的爺們倒拿我當作寃家爺還不知道焦大跟着太爺受的苦嗎今兒弄到這個田地珍大爺蓉哥兒都叫什麼王爺拿了去了裡頭女主兒們都被什麼府裡衙役搶的披頭散髮圈在一處空房裡那些不成材料的狗男女都像猪狗是的攔起來了所有的都抄出來擱着木器釘的破爛磁器打的粉碎他們還要把我拴起來我活了八九十歲只有跟着

太爺捆人的那裡有倒叫人捆起來的我說我是西府裡的就跑出來那些人不依押到這裡不想這裡也是這麼着我如今也不要命了和那些人拼了說着撞頭衆衙役見他年老又是兩王吩咐不敢發狠便說你老人家安靜些兒罷這是奉旨的事你先歇歇聽信兒賈政聽着雖不理他但是心裡刀攪一般便道完了完了不料我們一敗塗地如此正在着急聽候內信只見薛蝌氣噓噓的跑進來說好容易進來了姨父在那裡呢賈政道來的好外頭怎麼放進來的薛蝌道我再三央及又許他們錢所以我纔能彀出入的賈政便將抄去之事告訴了他就煩他打聽打聽說別的親友在火頭兒上也不便送信是你就好通信了薛蝌道這裡的事我倒想不到那邊東府的事我已聽見說了賈政道究竟犯什麼事薛蝌道今兒為我哥哥打聽決罪的事在衙門裡聽見有兩位御史風聞是珍大哥引誘世家子弟賭博這一款還輕還有一大款強占良民之妻為妾因其不從凌逼致死那御史恐怕不准還將偺們家的鮑二拿去又還拉出一個姓張的來只怕連都察院都有不是為的是姓張的起先告過賈政尚未聽完便跺脚道了不得罷了罷了嘆了一口氣扑簌簌的掉下淚來薛蝌寬慰了幾句即便又出去打聽隔了半日仍舊進來說事情不好我在刑科裡打聽倒沒有聽見兩王覆旨的信只聽說李御史今早又參奏平安

州奏迎合京官上司虐害百姓好幾大欵賈政慌道那管他人的事到底打聽我們的怎麽樣薛蝌道說是平安州就有我們那邊的京官就是大老爺說的是包攬詞訟所以火上澆油就是同朝這些官府俱藏躲不迭誰肯送信即如纔散的這些親友們有各自回家去了的也有遠遠兒的歇下打聽的可恨那些貴本家都在路上說祖宗掙下的功業弄出事来了不知道飛到那個頭上去呢大家也好施爲施爲賈政沒有聽完復又頓足道都是我們大老爺忒糊塗東府也忒不成事體如今老太太和璉兒媳婦是死是活還不知道呢你再打聽去我到老太太那邊瞧瞧若有信能彀早一步纔好正說著聽見裡頭亂嚷出来說老太太不好了急的賈政即忙進去未知生死如何下回分解

紅樓夢第一百五回終